文學新象 132

一公升的眼淚
最後的58封信

ラストレター──「1リットルの涙」亜也の58通の手紙

木藤亞也◎著
賴庭筠◎譯

高寶書版集團

文學新象 132

一公升的眼淚最後的58封信

ラストレター——「1リットルの涙」亜也の58通の手紙

作　　者：木藤亞也
譯　　者：賴庭筠
總 編 輯：林秀禎
編　　輯：蘇芳毓
校　　對：王岑文
出 版 者：英屬維京群島商高寶國際有限公司台灣分公司
Global Group Holdings, Ltd.
地　　址：台北市內湖區洲子街88號3樓
網　　址：gobooks.com.tw
電　　話：（02）27992788
E-mail：readers@gobooks.com.tw（讀者服務部）
pr@gobooks.com.tw（公關諮詢部）
電　　傳：出版部（02）27990909　行銷部（02）27993088
郵政劃撥：19394552
戶　　名：英屬維京群島商高寶國際有限公司台灣分公司
發　　行：希代多媒體書版股份有限公司發行/Printed in Taiwan
初版日期：2009 年 8 月

國家圖書館出版品預行編目資料

一公升的眼淚最後的58封信/木藤亞也著　；　賴庭筠譯. --　初版. -- 臺北市　：　高寶國際出版, 希代多媒體發行，2009. 8
面　；　公分. -- (文學新象；TN132)
譯自　：　ラストレター——「1リッっトルの涙」亞也の58通の手紙

ISBN 978－986－185－340－6（平裝）

861. 6　　　98012175

朋友用百分之九十九的溫柔，以及百分之一的嚴厲告訴亞也一件事，那就是——雖然妳不能跟大家走在同一條路上，但妳必須找尋自己的生存之道。

前言

我一個人快要受不了了
孤獨壓得我喘不過氣來……
我想和朋友見面，我想和她們說話！

我不是一無所有
在我受傷，覺得失望透頂的時候，我的朋友會笑著拉我一把
我擁有叫做「朋友」的寶物，
她們會跟我一起笑、一起聊天，真好！

——出自亞也的日記——

對亞也來說，在只有一年的普通高中生活裡認識的三位好友——洋子、亞子、佳子，是不可或缺的存在。

她拼了命也要動手給朋友們寫信，起先用的是鉛筆，後來又換成簽字筆、奇異筆。

她們之間的牽絆原本應隨著時間流逝而日漸淡薄，但那些信卻讓她們緊緊相依。

朋友用百分之九十九的溫柔，以及百分之一的嚴厲告訴我們一件事，那就是——雖然妳不能跟大家走在同一條路上，但妳必須找尋自己的生存之道。

正因為信任對方才說得出口的這句話，亞也很坦然地接受了。

亞也的行動一天比一天不方便，說話也愈來愈跟不上大家的步調，但她們仍然很有耐心地陪伴著她。

身為亞也的母親，我十分感謝她們。雖然亞也沒有辦法感受所謂青春、婚姻的喜悅，但她可以擁有如此美好的友情，相信這是她心靈的最大支柱。

當我整理亞也的檔案，發現了這幾封信。讀後，我感到無比溫暖。這份友情，會永遠活在朋友們的心中！

這次，我將亞也寫給朋友們的信整理出來，希望能為各位讀者帶來一些力量。

母・木藤潮香

目次

前言　4

第一章　心之旅　9

第二章　我不孤獨　21

第三章　我們是朋友　95

第四章　不會再哭　143

第五章　最後的信　157

給亞也　二十年後，三個好朋友的來信　163

後記　166

追記　174

第一章　心之旅

「我之後就要到養護（殘障）學校了，說真的，我不知道我到底是害怕、是高興，還是傷心……」

【一九七八年～一九七九年　亞也十六歲的信】

進入愛知縣立豐橋東高中。

雖然對於腳步不穩等身體狀況感到不安，但她期盼已久的高中生活還是揭開了序幕。

某天，亞也在走廊上摔倒，洋子、亞子與佳子三個同班同學向她伸出援手。

四人的友情從此展開。

亞也在一年級的暑假住院檢查，她們便開始交換信件。

友情日漸茁壯的同時，亞也的病情也每況愈下，最後只能放棄普通高中的課業。

升上二年級以後，家人決定讓她轉學到養護學校。

1

洋子。How are you? I'm fine.

謝謝妳寫了可愛的 Letter。

不好意思，我那麼晚才回信。

跟妳說哦，我啊，腳不是不好嗎？所以啊，我一直覺得我交不到朋友了。

可是啊，洋子、佳子還有亞子卻願意當我的朋友……我不知道說些什麼才好……

謝謝！

跟妳說哦，醫院的伙食會有「peach」哦。很甜，又很香。我把它放在床邊，感覺好好，每次看到桃子，我就會想起洋子的臉頰。

名古屋的夜空不是全黑的，而是類似紫色的顏色，連一顆星星都看不到。

好寂寞哦。

月亮看起來特別顯眼，它也很寂寞，只能一個人從東邊移到西邊。

跟妳說哦，妳知道「看到流星時，在它消失以前說三次自己的願望，願望就會成真」這件事情嗎？

那是須惠小姐在《時光的門扉》裡說過的話。

我沒有看過流星，但那一定很美吧。

（不過，要注意哦！我曾經在天空看到紅色的星星飛過，還以為那是流星，沒想到那竟然是飛機，真慘！）

跟妳說哦，永井老師到醫院來看我呢。

真是的～太感動了！

不過，我也只有在洋子、佳子面前，可以盡情地討論關於永井老師的事。

因為病房裡沒有電視，所以我只能用錄音機收聽校際棒球賽的轉播。現在是中京對ＰＬ學園，我當然是支持中京的囉。

「假如東高能夠前進甲子園……」

唱校歌的時候，我都會想，我們學校原本是女校，大家都比較文靜，應該沒有辦法打進甲子園吧。

我之前沒有辦法參加國語課的校外教學。

我覺得好不甘心、好傷心哦。

當時我就想，自學真是太辛苦了！

下學期，妳要借我筆記哦。

最後，要注意蜂巢、山豬（？）還有中暑哦。保重身體！

掰掰。

P・S・嘖！嘖！中京輸了。

亞也

2

洋子，妳好嗎？

我過得很好哦——

最近天氣都很暖和，我的心情也跟著暖和起來。

但三月真的很辛苦。要回想過去一年發生的事情，只有一天真的太短了。

洋子，這一年來，謝謝妳。

妳為我做了那麼多，我卻沒有辦法回報，但過去一年，我每天都過得很充實。

真的謝謝妳。

永井老師、石川老師（雖然老師上文法的時候很可怕，但我還是想跟老師說說話……）、一年七班的同學們、佳子、洋子……好多事情浮現在我的腦海。

我記得我在三月十五日的早上對洋子說過：

「我還不能相信我就要離開東高了」……

對我來說，東高是我的母校，我還不想和東高分開……

洋子知道「心之旅」這首歌嗎？

其中有一句這樣的歌詞——

「相隔千里時，愛也會消失」

我是這樣想的。因為分隔兩地後，就不能擁有相同體驗，也不能討論這些體驗，所以愛才會消失吧？

可是，洋子，我們都是人啊，我們會有身為人類相同的煩惱、想法。只要有這些，就算「相隔千里」，「愛」也不會消失才是啊。

不好意思，這封信寫得亂七八糟的。

我之後就要到養護學校了，說真的，我不知道我到底是害怕、是高興，還是傷心。但我坐立難安，總覺得我在東高還有很多事情沒做，不知道該怎麼辦。

在養護學校，大家都要住宿舍，跟外宿很像，到時候我應該比較能了解洋子的心情吧。

我擔心的是，我會不會被宿舍的室友排擠？會不會跟家人漸行漸遠？雖然這兩件事情都不是擔心就能解決，我還是很擔心。但我想這也許是奢侈的煩惱。

我已經很習慣電動輪椅了。坐輪椅實在需要很大的勇氣（雖然我不知道該不該這樣說……）

我一直覺得坐輪椅的時候一定要保持笑容。而且不管認不認識對方，都要跟每個擦肩而過的人說「你好」。

現在，我正在這樣做。

給人的第一印象，很重要……

就算是坐著輪椅……因為我是人……

我把所有想到的事情都寫出來了。

要記得跟我說學校（東高）的事情哦！拜託妳了！

最近在換季，要小心不要感冒囉。

那就先再見了。

P・S・

謝謝妳幫我還書。

也謝謝妳們折紙鶴給我。

我真的很高興。

房東阿姨的生日派對怎麼樣呢？

剛住進去的同學是東高的嗎？

亞也

第二章 我不孤獨

「但我不能說『好難受！好痛苦！』因為大家都一樣，大家都在努力啊。」

【一九七九年～一九八〇年　亞也十六歲至十八歲的信】

轉入愛知縣立岡崎養護學校，就讀高中二年級。

與家人分開，開始宿舍生活。

四周圍繞著擁有不同缺陷的同學，每天都過得很煎熬。

其中最開心的是週末可以回家與家人團聚，

也可以和朋友們見面。

離開原本的學校，她們藉由通信來分擔彼此的煩惱，

互相鼓勵，友情一直不變。

3

洋子！不好意思，這麼晚才回信。謝謝妳連續寄了兩封信給我（這枝原子筆寫出來的顏色看起來髒髒的，我很不喜歡，但我把鋼筆放在宿舍，忘了帶回家。原諒我吧！）

我把妳的第一封信讀了又讀，後悔自己怎麼沒有馬上回信。真的很對不起。

住在宿舍，自己的時間少得可憐，真是傷腦筋。難道真的就連想唸書也不行嗎？

洋子，我在宿舍哭了三次。宿舍裡，一個房間要住七個人，擠得受不了，擠得我想大叫！所以我每次週末回家，就覺得心理、生理都很舒服。

室友裡沒有人讀高二。宿舍、學校裡都沒有像洋子、佳子這樣可以說話的同學，每天、每天都很空虛！↑有時候甚至一天都沒有講話。

可能是因為這樣，我之前打瞌睡的時候，還做了個白日夢！我夢到「我回東高看大家」！夢裡有洋子、佳子、亞子、福本老師，還有永井老師呢！

我覺得，我好想念東高……我還想起上永井老師的課，那時候我還是一年七班的一分子呢……

自從到這裡後，我對精神面、知識面都毫無成長的自己感到失望。

我是那種「喜歡上課」的人。現在回想起來，現代國語的細井老師、RS的幸子老師、還有最可怕，教GC的石川老師、化學的荒川老師、生物的平尾老師……都是很棒的老師……

我不會忘記一年七班的事情！還有那二千一百六十隻的紙鶴……

你們什麼時候要去校外教學呢？岡崎養護學校的目標是讓畢業生們可以

就職，所以我們高三時會去廣島。

到時候我會帶紙鶴去，在禎子像前把紙鶴燒掉，祈求世界和平。

院子裡的天竺葵被連根拔掉了。昨天，我傷心難過得跺地、大叫，後來發現還有小小的幼苗。那種高興的心情……不知道要怎麼形容。

聽說把天竺葵陰乾、煎成藥來喝對胃痛很有效，等它長大了，我再把它寄給妳哦。

當上副室長還有社長，妳要加油哦。我相信洋子一定做得到。我想起國三的時候，我們班的導師曾經對我們說：

「能做好自己份內工作的人，就能幫助別人。」

洋子的弟弟也是今年考試嗎？我們家的亞湖還有弘樹都是今年考試呢。

我已經不能再說我是「過來人」了。因為都是他們在幫我（像是準備晚餐、宵夜），但我卻沒辦法幫他們做任何事情。

我只能靜靜地在一邊，什麼話都不說……亞湖常常會說「姊姊在的話，想做什麼都沒辦法」（雖然我知道她就是這個樣子，所以不太在意……）。

前一陣子，我在養護學校的圖書館讀了芥川的《河童》，芥川的書總是讓我有一種很急迫的感覺。

芥川的《鼻》描寫人類心理的部份真是一針見血。我想，也許芥川就是太認真思考人生、人心這些事情，才會在把它們寫成小說之後，選擇了自殺這條路。

總而言之，太單純、太認真都是很可怕的事情……會讓自己走向毀滅的道路……凡事都要適量才好吧。

下個月，我要挑戰英檢三級。

那就先寫到這裡了……

最近換季，請小心不要感冒囉。

再見。

P．S．我用了洋子送我的杯子喝 tea，很好喝！

P．P．S．請幫我向佳子問好！請她再等我一下哦。

特別篇

五月五日，一個阿姨送了鸚哥給我。有四隻藍色的、一隻黃色的，還有一隻十姊妹。但是黃色的鸚哥脖子卡在鳥籠上……「死了」。

剛剛我忽然想到，翻開現代國語的筆記，找到中原中也《春天再來》裡的最後一句，

「那時的你／沐浴人間光芒之中／佇立眺望……」

我有一種不可思議的感覺，已經不在這世上的鸚哥，好像是從健全的我身上脫落的一部份。

字寫得很醜，便條紙也皺皺的，請見諒。

那就先這樣子，保重哦。

永遠都無法忘記妳的亞也

4

洋子，妳好嗎？

謝謝妳們前幾天特地來家裡看我，好久沒有跟妳們聊天，所以我真的好高興……

對了，我有一件事情想要問說（關西腔？登場），那時候我不是穿著岡崎的制服嗎？因為我想說，佳子和洋子都穿著制服，我也不能穿家居服，所以才趕緊換上岡崎的制服……其實，我應該要穿東高的制服才對。就算不是真的，就算很奸詐，我還是覺得那樣比較好，現在想想覺得很後悔。

另外，我八月四日、五日去段戶山露營，司機說再越過一個山谷，就會到洋子家附近的茶臼山了。

我們睡在帳棚裡，外面下著小雨。到了晚上，雨水滲進帳棚，害我想睡都睡不著。

晚上十點左右，我們在帳棚之間升了營火，那時半圓形的月亮正好要沉入西邊的山裡（應該說要爬上西邊的山頭吧）。仰望夜空，可以從烏雲之間看見幾顆星星。

不巧的是，我沒看到流星，真可惜！

接著……就是早上了！六點，公雞開始咕咕叫，我們就起床，大家一起聽音樂做早操。

「枕石漱流」

我想著漱石先生名字的由來，用潺潺的流水洗臉（河水真的很乾淨，我直接喝也沒肚子痛，精神好得很呢）。

山上好涼哦！洋子家也那麼涼嗎？（好像開了冷氣，流汗以後還會覺得冷呢……）如果是這樣的話，夏天我就要去那裡避暑，而且要待上十天！

哎呀，只是開玩笑啦，joke。

還是想去洋子家看看呢。

洋子出生的家。

洋子，家人到底是什麼呢？是以血緣結合在一起的人們。

我從宿舍回到家以後，一直有這個疑問。

妳能不能跟宿舍裡的學姊一起討論看看呢？

那就先寫到這裡了。再見。

要注意身體哦……

亞也

5

洋子，謝謝妳的信。

我很喜歡妳畫的圖，以後也要畫給我哦。我很喜歡「洋子！」的圖。

二十三日的交流會，嗯，還不錯（可是洋子不在，就是感覺少了一個人呢……）我和阿純、花井、石原、籾山、小彩她們，還有亞子、佳子一起去豐橋市美術博物館（蓋得很有品味，很 now），看了「東海道五十三次」的展覽（展示了廣重的畫，還有一些古畫）。

後來我們就在大廳裡聊天。阿純她還模仿《White Love》的情節給我們看，亞子後來說「她想變成百惠」。那時候我們各自介紹自己喜歡的歌手，還比較了大家的年紀……（我跟妳說！這真是太震驚了。竟然只有我已經十七歲了！我那時候還用手貼住額頭，心想「怎麼會這樣！」）

雖然我不常用手語，但我想使用手語的雙方，應該一開始就大概知道對方想要表達什麼吧。

我不記得豐橋公園有那麼漂亮耶……比起我國一到那裡參加寫生比賽的時候，設備翻新了好多。

現在有池塘、有噴水池，還有金魚……

我是可憐蟲，因為我從頭到尾都坐在輪椅上。

亞子送我她去旅行時買的禮物——是一串很美的貝殼風鈴，真的很謝謝她。雖然我今年還沒有去看海，光是看著風鈴，好像就能聞到海的味道，很滿足。

我一回到家就雷聲大作。

出現閃電以後，就轟隆轟隆轟隆的，好誇張。但我不討厭打雷，我想那是因為我不知道打雷有多可怕吧。

我現在在寫有關蟬的文章。

那是打字社的作業。為了從下學期開始，讓文章刊登在《指》這本文集上，現在就得開始準備。

還有一個問題，那就是感想……

我還沒有決定要寫些什麼……加油！

關於家人。

洋子曾經說過「在家人面前的我才是真正的自己」，對吧？但我有點不一樣。不，也許我也是那樣，只是我不想承認罷了。應該說我根本不知道真正的我是什麼樣子……

妳說妳在家人面前可以卸下盔甲。但我覺得我在跟家人相處的時候，就好像是把盔甲脫了，但腰間卻還插著一把刀，有種不上不下的感覺。

我妹妹看了我自己寫的一首短歌「擦拭課桌時，欣賞桌面的塗鴉，體會人性美」笑得很開心，我想那一定是她發現了她以前不知道的，我的另外一面。

其實我在家常常掉眼淚。那樣是不是代表我在家比較放鬆呢？

住在宿舍裡，每天每天都很忙，根本沒有時間哭泣。但至少我在家還有這麼一點點悠閒……

和我媽媽還有妹妹相處的時候，常常是我很感性，但她們都很理性。洋子妳也知道我欠缺了理性的盾牌。

所以媽媽和妹妹的話就會像利刃，直接刺進我的心裡。

老是寫這些事情，也許妳會覺得我是個很敏感的人。哎呀呀，在那個時候，我可是不會認輸的，我會一直反擊，有時候連我自己都擔心說出口的話很像在「諷刺」。

我諷刺媽媽還有妹妹的那些話，平常對別人是說不出口的。這樣看來，我在家裡還是有把盔甲脫下來吧。說法前後矛盾，真是不好意思。

洋子之前有看過《金銀島》這個影集嗎？它今天停播。

不屈不撓的希爾弗船長只有一隻腳，平時雖然拄著拐杖，卻完全不會不自然。看了讓我除了驚訝，更百感交集。

明天就是最後一集了。

三十一日，只剩一天，暑假就要結束了……

說了那麼多，住到偏僻的宿舍以後，我才發現原來「家」是最好的地方！

但我不能說「好難受！好痛苦！」因為大家都一樣，不管是洋子，還是住宿舍的人，大家都在努力啊……

——人類，是無法獨自生存的——

最近早晚比較涼，要注意別感冒囉。

把想說的話說出來，感覺很舒服。謝謝妳聽我說，那就 Goodbye 囉。

給最喜歡的洋子

亞也

6

洋子，妳好嗎？

之前，其實就是昨天啦，我夢到洋子了。那個夢是這樣的……（因為是夢，有任何不合常理的地方，請多多包涵）

鏘鏘鏘鏘！鏘鏘鏘鏘！開始囉！

那應該是養護學校的遠足，我坐在電動輪椅上，跟大家說「我要去朋友家」就脫隊了。不知道為什麼，我說的朋友家就是洋子家。

洋子的弟弟、妹妹站在玄關（因為長得很像），我問他們：「姊姊去哪裡了？」他們說：「她跟爸爸、媽媽去廟裡向和尚收租金了。」

我趕到廟裡，那裡很寬敞，一走進去就聽見有人很大聲地在誦經，南無南無、娑婆娑婆……我大叫道：「你們把洋子藏在哪裡？」和尚聽到我的叫聲，就站起來說：「等一下。」正在掛蚊帳的小和尚穿著和一休和尚一樣的衣裳，我開始惡作劇，搔他們的癢。

一旁的石川碩男老師拿著書，一邊走來走去，一邊說什麼「知其為智」——後來就六點十五分，我就醒了。

結果沒見到洋子……

那麼晚才回信，真的不好意思。

已經到了北風呼呼吹的季節，岡養周圍的山也染上了紅色。洋子之前的信上有提到楓紅很美吧，那時我就想岡崎的楓葉紅得比較晚。再仔細想想，北陸與中部的氣候原本就差很多嘛。

如果日本國內都有這麼大的差異，那世界還真大呢。洋子妳會不會有時差呢？

我一直都很喜歡永井老師，妳一定可以想像，我是用怎麼樣的表情在看永井老師結婚的消息吧。

半發狂！還發出啊啊啊啊啊——的尖叫，如果可以的話，我真希望可以在房間裡衝來衝去。

「這樣啊，老師的年紀也差不多了呢。真不錯，還賣得出去（哎呀，這好像是專門用來形容女生的詞吧），希望他可以幸福。」

我是個大笨蛋，才沒有辦法寄信給永井老師呢。在洋子面前找這種藉口也是無濟於事，只會讓我自己看起來更悲慘而已。不寫了。

亞也

7

洋子，妳好嗎？

好久不見，我很好哦。我今年以不要感冒為目標，很努力地在養生。聽說今年的感冒是腸胃型的，會上吐下瀉。身體最重要，不要太勉強。

最近我忽然有一種想要「離家出走」的衝動。

但是我不僅要坐在電動輪椅上，而且還住在宿舍，到底要怎麼「離家出走」呢？

但感覺還不錯，表示我的心還很「年輕」。

相反地，我覺得選擇離家出走的人，他們一定都很寂寞吧。

亞也

8

亞子，妳好嗎？

謝謝妳之前送我很可愛的小兔子。

滴滴答答的梅雨季已經過去，到了太陽公公露臉的閃亮季節。

我是宿舍園藝社的成員，今天我在院子裡種了鼠尾草。

讓我換個話題，秋海棠的花很漂亮，真的是大紅色呢。

其實我有好多事情想寫，但真正動筆時卻寫不出來，真不喜歡這樣的自己！

妳等一下哦，我先想一想。嘰——（扭頭的聲音）。

七夕那天晚上，我去郊外看螢火蟲，大概看到十隻哦（妳可以把它寫在生物作業裡）。那裡離豐橋齋場（譯註：為祭神而設的清淨場所）很近。

那天很有氣氛，所以我就在許願紙條上寫了百人一首呢。

「望著鵲橋上如霜的白光，看著看著天就亮了」

原本想用行書寫的，寫到最後卻亂七八糟的。更誇張的是，我竟然厚著臉皮把它綁到竹子上！

嗚哇！妳看看我！

但那天沒有看到星星，這樣他們不就沒辦法約會了嗎？

明明一年就只能見一次面……

我在這裡（岡崎養護學校）也選了美術課。通往美術教室的樓梯平台旁有一面很大的白牆，之後我們要在那裡掛上壁畫。

製作方法是在壓克力板上塗上黑色油漆，用雕刻刀畫上輪廓，最後再倒入顏料，這樣就完成了！（妳看得懂我在寫什麼嗎？）這次的主題是「振翅」，目前還在製作當中。

快要暑假了，妳有計劃要去哪裡玩嗎？

原本我預定要住進名大（名古屋大學醫院），但因為藥的關係就取消了。

所以我今年會一直待在家裡，很久沒有待在家裡了，如果有空的話，請妳再打電話給我吧……

那就先這樣囉，保重。

亞也

9

亞子！妳好嗎？

每天都好熱哦。

今天我特別早起。

蟬從五點就開始叫了呢。

嚇了我一跳，沒想到蟬也那麼早起。

昨天我和弟弟還有理加妹妹到家附近的熊野神社。我們看到很多蟬的幼蟲脫下來的殼掛在樹上！那時候剛好有陽光，我們就靠近想把它們拿下來，但太高了拿不到。

蟬的幼蟲有十幾年都埋在黑暗的地底下，我光是想像牠們脫殼的樣子（我還沒有親眼看過，但很想看）就很感動，生命實在很強韌啊。

我也去看了電影哦。我跟亞湖妹妹去看了《啊，野麥嶺》，我覺得大竹忍演得真好！我看到最後一幕，因為她實在太可憐了，我就「哇！」地哭了出來。在其他觀眾面前是不是應該要裝做沒事呢？

暑假已經結束了。

好空虛哦，我老是這樣。

本來我想挑戰編蕾絲，但不要說線，我就連針都沒有碰一下。

可是這個暑假我看了很多書哦！其實也沒有多少本啦。雖然有點幻想破滅，但我還是把宿舍同學借我的 Cobalt Series 看完了。

美術旅行還好嗎？

我很期待亞子要在東美展（東高美術展）展出的作品。

嗯——不過最近還真是熱啊！整個人都懶洋洋的。

那妳要保重身體哦……

P．S．不好意思，一直到最後才道謝。謝謝妳之前寄給我的信，我看了好開心哦，好幾次都邊看邊笑。後來，我想到妳的信就笑了出來，亞湖妹妹還覺得我很奇怪。

給亞子。

寄上一片落葉，雖然它不怎麼漂亮，但紋路很清楚，我很喜歡，很想寄給亞子。

就請您賞臉收下吧（像不像流氓在說話呢？）

亞也

10

亞子，謝謝妳寄給我的明信片。

楓葉變得那麼紅，想必湖邊一定很美吧。

十月三十日有音樂鑑賞會，愛知教育大學的學生到我們學校來，我們在體育館欣賞了混聲合唱。

《Drops Song》……歌詞是以前有個愛哭的神，高興也哭、傷心也哭……

我本來想說，聽了這首歌要讓自己輕鬆一點，沒想到胸口卻悶悶的。

終於，我也長了青春痘！

它們長在額頭上，噗吱噗吱（這個形容很噁心）長得滿滿的。

昨天我對著鏡子「一顆、兩顆……」這樣數下來，竟然有二十九顆！我急急忙忙到浴室用肥皂洗臉，可是青春痘一顆也沒少。

我苦笑了，看來我還蠻重視外表的。

亞子！對不起嚇到妳了……我現在在池坊學插花，還有茶道……我上次的作品用了叫做聖柳梅的樹枝還有泛紅的菊花。

它很美，有種很澄淨的感覺。

這些花之後還可以當做押花的材料，很不錯！

十一月二十三、二十四日是岡養（岡崎養護學校）的文化祭，如果妳有空的話，要不要來我們學校參觀呢？

我是打字社的成員，那天我會在文集《指》上面發表打字作業，那是一篇作文。妳知道我寫了些什麼嗎？我想我之前應該有提過，我在暑假的時候看到蟬褪下來的殼吧，那時我好感動！

所以我作文的題目就是「生命」，但我覺得我寫出來的內容很粗糙。

我們班會在文化祭合唱《給遠方》這首歌。

自習室晚上會延燈（延長熄燈的時間）。

舍監阿姨很嚴肅地跟我們說，為了不影響其他同學的睡眠，所以房間的燈最晚只能開到十點……

下個月四日我要參加商業簿記檢定（三級）的考試。

回信晚了，內容也亂七八糟的啦！

看來以後想到什麼事情就要趕快寫下來才行。

雖然對我這個慢郎中來說會有點辛苦也說不定……

如果妳還有什麼煩惱，記得跟我說哦！

最近天氣轉涼許多。
請保重，不要感冒囉。不能打瞌睡哦！
我很怕冷，還穿著毛衣睡覺，沒想到一下子就感冒了。亞子也要小心哦！

亞也

11

佳子，妳好嗎？對不起，這麼晚才回信給妳。

對了對了，這陣子真的非常熱呢。

我家附近有間神社，所以常常會聽到沙——沙——的蟬叫聲。雖然那樣讓人感覺更熱了，不過卻很自然，我蠻喜歡的（畢竟去年一整個夏天都在吹冷氣）。

妳之前不是去埼玉的阿姨家玩嗎？好玩嗎？你們是搭電車去的嗎？我想，跟埼玉比起來，牛川（我住的地方）一定算是鄉下中的鄉下吧……

謝謝妳之前打電話給我，我好開心。

不知道八月四日前《地下水》第四號會不會出版，不過我有第三號。妳要不要跟我買呢？一本一百圓。

第三號上有我的文章、元子老師之前說過的話，還有提到圖書館的事。

元子老師到東高以前，好像曾經在養護學校教過書。

我覺得養護學校的老師跟其他老師不太一樣（但是我的眼光很奇怪，所以我說的話應該不太準）。

我轉到養護學校第一天就發生很可怕的事情。有個男生在走廊上跌倒，他的鞋子飛到女老師的腳邊，所以他就急急忙忙地爬過去。

沒想到，那個穿裙子的女老師竟然說「你這小色鬼，想偷看我的裙子嗎？」接著就把他的鞋踢到一邊。我覺得真是無言。

「怎麼會這樣？」

如果老師硬要說受到侮辱也不為過。但那個男孩子只是去撿鞋子，又沒有什麼惡意。

我覺得元子老師可能也曾經這樣做過。

岡養的老師（至少高中部是這樣）每個人都很有特色。

可是他們有一個共通點，就是對學生很不客氣，真的是打從心底的不客氣。

對了對了（請想像我哇哇大叫想跟妳說話的表情），有兩個老師是東高的畢業校友（這個意外的發現讓我好高興）。有一個老師說他高三的時候被那個很有名的男老師（佳子應該知道是誰，我就不寫出名字了）逼得很緊，但他還是沒辦法喜歡英文！

另一個老師說，他高三的時候，學校制服才改版成有校徽的，那時候公車車掌還常常搞錯，讓他很困擾呢！

我在岡養學到一些類似重症、輕症、語言障礙這種詞彙，雖然感覺不是很好……但也沒辦法。

我們班有十三個人（七個男生、六個女生），其中不能走路的（好像被歸類在重症類）除了我，還有一個因為腦瘤留下後遺症的同學。

大家從小就開始接受很辛苦的訓練，就算是輕症的同學也不例外。而我一直到十幾歲才發病，所以好像太大意了，訓練時也沒有很認真。

他們小時候付出的心血，長大後都有了回報。這讓我覺得只要我願意，沒有什麼是做不到的。所以我決定要更努力，盡力做好每件事。

這封信好長。妳不要因為長途旅行累壞身體哦。再見了。

今天是我十七歲的第十天，有種變成佳子姊姊的感覺呢！

亞也

12

好久沒有跟妳見面了呢。
佳子，妳好嗎?謝謝妳的信。
我現在每天都很乏味、很枯燥。
接到佳子的信時，彷彿出現一道滋潤的光芒。
以前的我和現在的我在互相較勁。
什麼是現在的我呢……
學校變了、環境變了、離開家了。
這些事情讓我成為現在的我。

亞也

13

佳子！救我——

我現在好沮喪。對不起，我實在很任性。

最近我為了文化祭的事情非常非常煩惱。

老師要我們想，自己在班上的定位……

全班十三個人當中，「我」的情況最嚴重，也只有我一個人需要坐輪椅……所以給大家添最多麻煩的也是我。分營養午餐、打掃……

而且，不知道從什麼時候開始，我已經習慣別人幫我做這些事情了。

症狀有以下幾項：

・不說謝謝。

・總是看著下面，眼神不與人接觸。

．很多時候不說話，而是在一旁發呆。

沒想到文化祭那麼快就到了，一開始我在班上是屬於劇本組，這樣下去不是辦法啊！決定角色以後，我就再也沒有過問舞台上的事情，完全就是退居幕後（播放組）。

可是、可是，我的工作根本就可有可無（我只需要幫忙拿錄音帶）。

這樣一來，更加深了我的無力感。

亞也

14

洋子！妳好嗎？

這樣一說……我們真的好久不見了。

之前上打字課的時候，出現「久遠」這個詞，老師問大家這個詞該怎麼唸。我一下就想到它是唸「くおん」……因為青陵中學的校歌裡有這個詞，四月剛入學，音樂老師就會教大家唱校歌，所以我才記得……應該說我記憶力好呢？還是太執著了呢？

想起一些關於「久」這個字的回憶。

——再幾天就要過年了——

二十九、三十、三十一——仔細算算，是還有三個晚上。

跟妳說喔，我之前都會在三十一日除夕夜時，把自己寫過的日記拿出來看，確認一下自己今年有沒有成長。但是沒想到今年我竟然把日記全部放在宿舍，忘了帶回家。

今年就快過完了，明年是一九八〇年，猴年！（不知道賀年卡跟這封信，哪個會先到呢？）

如果我勇敢一點……還有三封信想寄給妳呢。

我覺得一直這樣放著，信也很可憐，所以決定把其中一封寄給妳。希望明年不要再發生同樣的情況。

我跟妳說，最近我的語言障礙愈來愈嚴重，總是沒辦法讓對方了解我的意思。真的是dilemma（譯註：進退兩難）！不過我不會輸的！

學校出了哪些作業呢？

我真懷念只要把書唸好的時光……而且我覺得我愈來愈不會開玩笑了。

那麼，新年快樂囉！

十二月二十九日（星期六）十一時四十五分

P·S·謝謝妳送我去校外教學時買的禮物。

亞也

〈寄不出去的信〉

遇到難過、痛苦的事情，

洋子，不要逃避！

否則快樂的事情也會跟著消失哦。

不要說什麼很麻煩之類的話。

上面這些話雖然很像在罵人，但卻是我的懇求。（一定是九日的我把懶惰的情緒傳染給妳了，對不起啊）

不是有人說「年輕人，要把吃苦當做吃補」嗎？那時候（二十三日）的洋子有點奇怪，是不是因為太累了，才會不耐煩呢？

剛剛我用手洗了鳥籠底下的盤子。我想到佐藤老師那時候為我們示範用抹布洗廁所的方法，一定是在教導我們「要愛護每個人，珍惜彼此之間的友情」吧。

對不起，今天的字也跟平常一樣，亂七八糟的。

請恢復成坦率的洋子吧！

亞也

15

洋子，謝謝妳的信。

我們家過年的時候在玄關擺了一盆梅花，現在已經開花了。我想，等下次我再回家，它也差不多該謝了吧。

這讓我深深感受到什麼叫做光陰似箭。

我和洋子一樣。宿舍的同學、千秋她們腳也不方便，但她們都很開朗、活潑，又不服輸……看到她們身上擁有我缺少的特質，我就好羨慕。

另一方面，我很氣自己這麼不開朗，沒有勇氣表達自己想說的話。自己責怪自己的下場，就是陷入惡性循環之中，覺得自己毫無優點……這其實是一切錯誤的開端。

不管我做什麼，都很在意別人的眼光，老是在想別人會怎麼看我。

我已經失去了所謂的「自我」吧。

我的心曾經對我說，乾脆就這樣放蕩下去好了（不過，怎麼樣才算是「放蕩」呢？我不太清楚……）。

而我的身體卻為這種想法踩了煞車（這時候，身體健全的人一定會很痛苦吧）。我就算放蕩又能如何呢？

星期五第六節課是社團活動——我參加打字社的美術打字（用打字機打出圖畫）——那天老師要我們打一隻蝴蝶，結果，我才按錯一個鍵就好緊張，緊張到臉都變形了。

不過那種緊張對我來說很重要，和考試時的緊張很像。

我沒有看過《太郎物語》，有機會的話，我真的很想看。

一月十八日，積雪了！岡養裡的水泥建築物，一個個屋頂上都積著白雪。雪看起來很守規矩……北部的情況看起來不太好呢，洋子的家鄉還好嗎？

洋子，人只要有活下去的意志力，幾乎所有事情都可以克服……

這是我聽完青山吉安老師（美術老師／高中部主任）講他前半生故事的感想。青山老師體格很壯，常常告訴我們一些有趣的事。

青山老師說當初他父母親反對他唸美術大學，所以他大學時代都靠自己半工半讀。後來，三十三歲結婚，現在有一個小孩，是唸小學六年級的男生。

我把玫瑰花風乾，在家裡試著做乾燥花，現在它們被我壓在素描本裡。
喜歡畫畫——讓我們喜歡上更多事情吧！
洋子，妳要注意身體，別感冒囉！
Fight! All Fight!
一起加油吧！

亞也

16

洋子，妳好嗎？

五月的連假，我跟蒲公英會的大家一起坐車去飛驒高山。

合掌屋裡鋪著木地板的房間中央有個暖爐，天花板還掛著可以調節長度的鉤子。那裡的櫻花還沒有謝。

那裡可以看到山頂積雪的景色。

早上的風很舒服。洋子，低潮的時候，妳要盡情地玩哦。

詳情請參考原平的《在愛裡旅行》……

17

洋子，妳好嗎？

外頭的風雨好大，不知道洋子、佳子妳們的校外教學還好嗎？

我可以聞到墨水的味道，隔壁房的同學在練習寫毛筆字。我腦海裡浮現洋子房間的情景，雖然我已經想不起來在妳房裡寫了什麼字，但我卻一直記得洋子的房間，還有在妳房間喝過的那杯熱牛奶。

我跟妳說，我被推選為室長了。

讓我為妳介紹我們房間的成員：

輝美、阿康、千秋、惠美、阿亞，還有知佳（拄拐杖的同學）。

其實我不該特別提起她拄拐杖這件事的。

不過，我想人類原本就是由肉體與精神組合而成。若要了解一個人，就一定得寫出這種事，就像拿鞭子抽打自己。而且，說起來，我們這裡還有幾個同學是智能障礙（ＩＱ在七十五以下）。

要怎麼斷定一個人的價值呢？

就算頭腦不好……就算看不見……就算雙腳無法行走……就算一隻手、或雙手無法活動……但我們還是人啊，每個人在這世上都是唯一的。

人是假裝不來的（其實這只是我個人的看法，說不定這是我的偏見）。

洋子！我在東高的時候是不是不夠努力呢？

我好害怕回過頭去看！

我不是會說這種話的人！

但我真的曾經思考過這樣的問題，就一起寄給妳了。

以上寫於颱風的狂風暴雨之中。

亞也

18

亞子，妳好嗎？

今天是放春假以後第二個雨天（其實還沒有下雨，而是看起來像是要下雨的陰天。但如果沒下雨，我就沒辦法繼續寫雨的事情，這樣吧，我來跳個祈雨舞好了……）

妳不覺得一下雨就有種春天近了的感覺嗎？

地面變得柔軟，花草樹木的嫩芽彷彿七嘴八舌地在聊天呢。

謝謝妳之前寄給我那麼漂亮的梳子，黑色圓形的扁梳感覺很有氣質，真美！

今年岡養的校外教學訂在六月舉行。我們會去廣島原爆資料館、宮島．

嚴島神社，還有倉敷的大原美術館。三天兩夜，我媽媽會陪我一起去。

到了那裡，我想寄明信片給大家。

我跟妳說哦，我開始養貓了！牠是一隻有血統證明書的暹羅貓，是公的，名字叫湯米。因為原本的飼主沒有辦法繼續養牠，就把牠送到我們家。牠很大隻（從頭到尾巴前端有五十公分長），但牠很老，已經五歲了。

個性呢……非常非常老成。弟弟常常（總是）抓住牠，把牠的腳拉到暖桌外面，但牠從來沒有用爪子反擊過。

喵!!我每天早上做的第一件事，就是一邊發出很大的叫聲，一邊靠近窩在廚房爐子前面的湯米。

亞子有畫過《百合花與貓》這幅畫，對不對？很可惜，我還沒有看過成品……但我覺得湯米跟亞子畫裡的貓很像。

最近湯米的耳朵下面（眼睛旁邊）禿了一塊，好可憐哦。我原本以為牠得了皮膚病，但醫生說是因為牠年紀真的大了。

愛德蘭絲、Art Nature又沒有賣貓專用的假髮，真傷腦筋。

妹妹（亞湖）要去東高唸書了……這樣一來，她就成了我的學妹。

弟弟（弘樹）要去唸工業高中電子科……離亞子家很近。他們兩個都很亞子很有緣呢。

往後還請多多指教！萬一他們迷路，還是在路上閒晃，請妳幫我照顧他們。

我們家的院子愈看愈煞風景。院子裡的採光不足，家裡沒有一個人喜歡它。

有沒有什麼植物是要春天播種呢？沒有花，春天也失去光采。明明春天的腳步愈來愈近，但我們家卻一點感覺也沒有。柿子的芽長出來了嗎？

杉菜呢？蓮花呢？開花了嗎？

好多問號在我眼前飛來飛去……

隨信寄上乾燥花（玫瑰）的花瓣，以及月桂的香味。雖然不是什麼值錢的東西，但我想或許可以成為妳畫油畫的材料。

亞也

19

我從來不知道校外教學可以那麼開心。
在瀰漫著燈心草味道（換上全新塌塌米的味道）的房間裡，遙望瀨戶內海的那幾天，我一直想著未來的事情。
昨天的鷲羽山真是無可言喻的美。
我的導師背著我，帶我們到石山去。
在那裡，我對著山谷大叫「謝謝！」妳有聽到嗎？
——校外教學・在岡山——

亞也

20

亞子，妳好嗎？

這兩三天有點涼。

今天開了一朵鳳仙花。

應該是五月底的時候吧，我把亞子送我的種子撒在盆子裡。

之後，我每次回家，弟弟都會詳細報告它的生長情形……（弟弟現在跟學校的人一起去爬白馬岳，不在家）等他回來，一定會很驚訝吧。

我好高興哦！

雖然生長環境的條件不太好（因為盆子很大，卻只長出兩株），它還是做到了！我好想摸摸它的頭哦！可是……它的頭在哪裡？哈！反正就是這樣，我給它澆了很多水。

炎夏的中午，陽光會直接照射我們家的院子。

那時候，小鳳仙花感覺很像被曬暈了。我想幫它撐傘，擋擋陽光。可是，這樣它就不能行光合作用了……

是不是不要種在盆子裡比較好？

還是要幫它澆水呢？可是中午很熱，澆水會傷到它的根……

不過，到了下午，它就會站得直直的，很有精神的樣子。

我從和室（我們家唯一面對院子的房間）看著鳳仙花，看了好久好久。

結果，有一隻鳳蝶飛過來，停在鳳仙花上。我覺得這一定是種吉兆。

小鸚哥出生了！

那可是第十幾次愛的結晶呢！

我們家還有別的新成員，是隻叫做波奇的小狗，牠很壯哦。

妳每天早晚都有刷牙嗎？我快受不了我的蛀牙（右上後方）了。

我已經過了一個多月的無糖生活，也不能喝牙痛水。媽媽今天會帶我去看牙醫，我永遠都不會忘記這次慘痛的經驗。

那就先寫到這裡了。再見。

原本我在下面畫了鳳仙花還有蝴蝶的插圖！但實在畫得很醜，請讓我把它們銷毀。對不起。

亞也

21

佳子，謝謝妳的信還有手帕。

星期五早上，我在宿舍前的柏油路上跌倒，目前在家裡休養（雖然臉頰只有擦傷，但因為摔得很重，所以都腫起來了）。

我不能一個人待在家裡！要找到我的生存意義才行！我的思緒穿越「時空」，開始想像畢業後的事情。

佳子，我決定把東高的我帶到岡養。

但次元還是不同。

我最近深刻體會到「我不應該逃避其他人」。

比如說，高二的數學老師。不知道為什麼，我無法親近這個老師，就算他找我說話，我也只會呵呵地傻笑。午餐時間，就算老師坐在我身旁，我也會裝做沒看到。

升上高三，由於我一直沒有和老師深談，老師只好站在老師的立場來評價我這個學生。我覺得這樣不太好。

希望佳子可以避免這種「擦身而過」的情形。

雖然我這麼說，但我還是不想跟那個老師說話。

可能和老師的想法有關係吧……（他常說，趕快接受你們身體有障礙的事實！）妳了解我的意思嗎？

啊，對了！這裡是岡養啊！

時間是永恆的。

人類要怎麼讓時間停留？其中一個方法就是——

用文字記錄。一想到這裡，我就無法停下筆來。

我去宮島了哦。天空好藍，藍得刺眼……那是我出生以來第一次搭船（渡輪）。不過有點無趣，因為那時候退潮，大牌坊的下面是一片砂地。果然還是要滿潮比較好。

宮島館內的走廊很冷，我坐在輪椅上，其他人推著我走，當時我在想「如果是晚上，一定會感冒的」。

佳子明年四月也會去那裡吧。聽說宮島四月中有祭典，而且是在浮在瀨戶內海上的舞台表演能舞（不好意思，我不知道詳細日期）。

最近我沒有看書。為了讓我繼續保持自我，來看個書吧！

亞也

22

哈囉~洋子，妳好不好啊？

我每天都很有精神，也沒有感冒哦。

洋子的信很溫暖，我看了好開心哦。

岡養的文化祭是十一月二十二日（星期六）（班級成果展）、二十三日（星期日）（社團成果展）。

鈴木素子老師的HUSBAND，鈴木康弘老師（導師）之前對我們說「現在不燃燒，什麼時候才要燃燒？就是現在！燃燒吧！」但我的火一直點不太起來，只能悶悶地冒出燃燒不完全的煙，我只能努力縮小自己，至少不要潑別人冷水。

二十二日（星期六）班級成果展會在體育館舉行。

我們班是演戲，劇名是《理解》。

（主題）身心障礙者在社會中的生存之道

（劇情大綱）在印刷公司上班的淺井一郎聽到比他資深的同事說他壞話，無法控制自己的情緒，正當他準備衝出去讓火車撞他的時候，後面有個老爺爺抱住他，救了他一命。之後老爺爺還有他的孫女——幸惠勸他，他才明白「問題不在周遭的人，而是在自己身上」的道理。後來就以喜劇收場了哦。

這部戲的主角因職場上的人際關係而煩惱，與現實生活中的我有哪些共通點呢？我想這個問題沒有那麼好解決吧。

之前我就覺得自己不能活躍於劇中（這不是孤僻！只是我不想承認自己的存在價值，而且如果要排戲，現在就不能這麼悠哉了），所以我就自願寫劇本。

儘管當初是因為這些原因才決定要寫劇本，但寫劇本真的很有趣。我覺得人是會成長的。妳看，雖然我不能走路，但演員們可以啊。所以我必須站在可以走路的人的角度來思考，寫台詞時也要先做好人物設定……這些事情，都會讓一個人成長。

但成長也是有限度的。比如說紅色可以分成比較淺或比較深的紅，但那究竟不是綠色。但有時我覺得是紅色的地方，卻會帶出綠色的效果。

所以這次寫劇本的有三個人（我、新本藤子、中島同學）。我們的工作分配是以中島同學為基礎，由我在不同環節提供意見、康老師幫忙修詞，最後由藤子來整理。

我們很擔心觀眾能不能了解我們想傳達的訊息。

我說「一定要有人懂啊，不然就太無聊了」，但康老師卻靜靜地說「就算沒有人懂也沒有關係，你們自己了解就好。」

看來，我還是太在意其他事情了。

我一定要更專注於自己的內在。

洋子在面對自己的時候很坦誠吧。人如果不能坦誠面對自己，就完蛋了。我就是後者的最佳寫照。我不是太在意其他人，不敢表達自己的意見（在宿舍時更是如此），就是太任性，不顧他人感受（面對我媽媽的時候）。

我要推薦洋子做一件事情，那就是試著做做看沒意義的事情。這樣一來，學習新知（＝讀書）也會更開心哦。

像我一開始做國語筆記時，也是覺得很沒意義，但現在卻成了一個回憶。我想，一切都不會白費的。

我曾經希望洋子可以成為養護學校的老師。養護學校的老師在面對學生（就身體障礙來說）的時候，會遇到一些難題（ＥＸ・語言障礙等）。

但當雙方可以克服難題、將心比心時，就會加深老師與學生之間的感情（我還沒……）。

更進一步地說，就像學校和宿舍，老師和舍監的立場，以及面對學生的方法都是不同的。

岡養的宿舍有四人×四組＝十六人。

讓我為洋子介紹一下市川老師與安田老師（她們兩個都是舍監）。

住宿生都稱呼市川老師「阿市」，跟她很親近。她工作的時候常常一邊笑、一邊唱歌。但她在泡澡時說她內心有天真的一面，跟別人常常合不來，所以她沒有結婚。雖然她已經快五十歲，但一點都看不出來。她每天精神都很好，看起來很年輕，而且很溫柔，無人能比。就算我們沒有開口，她還是會注意到我們的需求，而且沒有一點怨言。

但我還是無法完全接納她。究竟她的溫柔是不是真的？我仔細想想，就覺得哪裡不太對。因為我身體有障礙啊，拿我來說，我做事時動作很遲鈍，比其他輕度障礙的同學更慢完成，也是必然的（同時開始做的情況下）。

也就是說，我注意到舍監協助同學時不能只靠溫柔，有時候不一味幫忙，也是一種為了同學著想的嚴厲溫柔。

但我覺得市川老師不需要特別改變。

安田老師的部份下次再說了。

（抱歉）敬請期待哦！

亞也

P．S．再過一陣子就是社團成果展了。我是打字社的，請收下《指》這本文集。還有一些我想請妳幫我燒在盤子上的圖案，請幫我看一下。

23

十二月二十三日（星期二），我們宿舍辦了聖誕派對哦。因為聖誕派對是高三最後一個活動，所以我充滿幹勁，一下自願當蠟燭天使、一下自願當司儀，到處自願的結果，就是自己的事情很多都做不好，像洗衣服什麼的，只好請舍監幫我。

當天，六點五十分開始下雨，到了八點，雨變成了雪。哇～White Christmas（雖然我很睏了，但還是要寫，簡單寫）。

對了，洋子妳相信有聖誕老人嗎？一開始，我覺得聖誕老人不需要存在，但基督教徒的校長之前跟我們說了一個故事，我的想法就改變了。那個故事是在說聖尼可拉斯總是送別人禮物，但卻不收別人的禮物。他明白施比受更有福的道理。

（啊～真好。十二月二十五日快要到了）

那就先這樣囉，GOOD NIGHT！

晚安。

十二月二十四日　十一時二十五分

亞也

24

哈！囉！洋子妳好嗎？

我的身體很好，但我的心在哭，很寂寞。

早上有個叫「金縷梅」的電視節目。那天有個想當畫家的女生上節目，她的名字是夕子。她的朋友對她說「妳是為了別人在畫畫嗎？妳畫畫的時候不該想著要別人稱讚妳，畫自己喜歡的畫就好了。」

所以夕子很煩惱。

結論是，我們應該因「感動」而畫，而不要勉強自己畫畫。老講些電視的事，真是不好意思。

我現在在醫院，今天要接受鼻息肉手術。聽說是很簡單的手術，但我還是有點不安……抱歉，這麼晚才告訴洋子。聽說我要施打一種肌肉注射的麻醉藥，不知道我失去意識後會發出什麼怪聲。

我老是會擔心這個、擔心那個的（哎，因為跟我同病房的人都五十幾歲了，人生經驗很豐富）。

抱歉那麼晚才回信。

那就先這樣囉，等結果出來我再跟妳說。手術的結果。

亞也

第三章　我們是朋友

「好開心、好高興、好好吃哦。我的肚子飽飽的，心也飽飽的。」

【一九八一年～一九八二年　亞也十八歲至二十歲的信】

自岡崎養護學校畢業。

洋子、亞子、佳子決定考大學，而亞也打從心底祝福她們。

宿舍裡的夥伴一個個克服困難，

尋找符合自己能力的工作，終能踏入社會。

而亞也則是宣告「為了把身體修好，我決定住院」。

開始與病魔奮鬥的漫長旅程。

25

洋子！

雖然我有好多話想跟妳說，但不寫成 letter 就沒辦法傳達了呢。

妳說收到我的信很高興，是真的嗎？

我字寫得那麼醜，竟然有人說收到我的信很高興，真是感謝！我會寫很多信給妳的。

我只記得以前（還可以動的時候）不好的回憶。

所以、所以才會一直沒辦法進步吧。

當我成為身心障礙者，我就只剩下從過去到現在的我，還有無法行動的身體。

那根本完全沒辦法進步。

By the way

洋子，妳要活著哦。

我也會活著！

泰瑞莎修女說過「要別人了解你之前，你應該先了解他們」，我覺得這句話好溫柔哦。

梅雨季到了，請小心，別讓東西發霉了（說到這個，最近很少看到發霉的東西呢）。

我有一次在報紙上看到「賽門與葛芬柯」（Simon & Garfunkel）的報導，但還沒聽過他們的歌！下次讓我聽聽看哦！

那就先寫到這裡，對不起，我的字很醜。別感冒囉！晚上睡覺也要注意保暖。雖然捨不得，但還是要說再見了。

亞也

26

亞子，我住院了。

照顧我的阿姨，人很有趣、也很好，所以我每天都過得很安心。

不知道為什麼，那時候中日龍拿到冠軍，醫院竟然煮了紅豆飯呢。

大波斯菊很漂亮。

謝謝妳的信，不要感冒囉，再見。

亞也

27

亞子，歡迎回國。

謝謝妳從遙遠的梵蒂岡寄信給我……好高興哦。

到國外旅行，語言會通嗎？可以接受當地的食物嗎？

對不起哦，因為我沒有經驗，所以問了一些無聊的問題。不過我還是會擔心呢，有機會的話，請再告訴我旅行的事（禮物就不用啦）。

我現在還沒有辦法去旅行。雖然很可惜，但也沒辦法。健康還是最重要，哈哈。

期待我們見面的那天快點到來。

亞也

28

哇——洋子，妳還好吧？

妳感冒了嗎？因為我沒寫 Letter 給妳嗎？還是妳回山上老家了呢？（媽媽的推測）

我跟妳說，今天的夕陽好漂亮哦，而且我還試著到外面繞一繞呢。啊！真是感恩！我在外面遇到末川的哥哥（下次和他說說話吧）。

哇～終於十九歲了呢。不知道我會在十九歲的畫布下留下些什麼。

洋子，妳要注意身體哦。如果沒問題的話，二日請到我家來玩。

「有志者事竟成吧」

亞也

29

洋子

身體狀況不好的時候可不能硬撐啊。要對自己好一點。不管怎麼忍耐，「冷」還是「冷」。

其實今天早上很冷，我又很睏，但因為是星期一早上，所以還是要洗衣服。受涼後，我的肚子好痛好痛，最後竟然忍不住瀉了……啊～

抱歉，說了無聊又不乾淨的事情……

請為我高興吧。

我似乎可以在八月十三日上午出院。

亞也

30

黑暗之中，
百合花苞膨膨的。

實在溫柔
實在可愛

我輕聲說道。

洋子，打工的情形如何？
很忙吧？很累吧？

想到這裡，就覺得妳來看我，實在讓我太高興了。

託洋子的福，我好幸福。

謝謝。

我再寫信給妳。抱歉，亂七八糟的。

亞也

31

洋子，妳好嗎？

我八月出院回家，但預定一月還要再住院。

謝謝妳在我住院期間寄了那麼多明信片給我。

大學生活還好嗎？老師有趣嗎？

我七月中時，和醫院的醫生們去了愛教大（愛知教育大學）附近的州原公園，那裡很適合約會，有池子、有船、有氣氛……

那就先這樣了囉，保重。

亞也

32

我很怕清晨，但今天這種生氣蓬勃、萬里無雲的天氣卻很舒適。

天藍色、清晨的陽光，還有廚房裡黃色的柔和光線在說著「早安」。

我心情很好，還跟弟弟說了「早」。下雨天就不行了，天空會轉白、轉暗，感覺很冷。

陰天也會讓人憂鬱。

請幫我罵罵報氣象的姊姊。

她竟然說「出社會以後，就不能再這樣說了哦。」……

晴天，

我會等著妳的來信。

P．S．岡養的運動會是十月四日（星期日），妳如果有空，我們一起去看吧。

洋子，謝謝妳。

好開心、好高興、好好吃哦。

我們一起吃飯，我的肚子飽飽的，心也飽飽的。

亞也

33

洋子有平安回到宿舍嗎？抱歉，我沒有注意到妳還要搭公車到淀橋站（因為我平常沒有搭公車，有點搞不清楚交通方式）妳在岡崎站下車後也要坐公車回宿舍嗎？那妳一定很餓了。錢的事情妳不要放在心上，對不起哦。

希望妳趕快把牙齒治好哦。我也是，在不知不覺中就蛀了好大一顆牙齒（臼齒）。

我們是朋友吧？雖然我們分別是身心障礙者與健康的人，但在那之前，我們都是人吧？（妳會不會覺得這是理所當然的事呢？但我之前一直沒有注意到這一點）。

我一直很在意、很害怕這件事。

亞也

34

洋子，早安!!

今天是我第一次早上沒有流眼淚。天氣真的很好。

前一陣子真的謝謝妳，因為有妳，我才能重新振作。

但我有點擔心，那個時候我會不會把沒用的情緒傳染給洋子了呢？

我不是不幸的人，因為我身邊有滿滿的愛。

妹妹理加每天都很有精神地到幼稚園上課，她看到我很傷心，就送了蒲公英的花給我。

將這個美麗的夏天早晨送給妳……這是我的最愛。

請幫我向日比野老師問好。

希望明天也是晴天……

亞也

35

洋子

我要怎麼做才能彌補我的罪過呢？

我會說我有罪（雖然這是我個人想法，但能不能請妳聽我說呢？）是因為我的心胸很狹窄，我原諒不了別人，也原諒不了自己，常常在人前哭泣。

我下次想去參加教會，妳可以跟我一塊兒去嗎？（我好想去教會哦！）

最近唸書的情況還好嗎？

抱歉。

為了我，讓洋子在那個下著雨的星期四，浪費了一整天的時間。

我好害怕「留級」哦。原本只是在腦中閃過的一個念頭，沒想到就這樣停留在我內心的角落。

對不起，妳不用勸我。

（這也是我的罪過，啊……我真是個罪人，快要走上不歸路了。）

亞也

36

洋子　救我　拜託　我好痛苦

我對自己沒有自信，做什麼都很害怕……從八月下旬開始，我的身體狀況變糟以後就是這樣了。

妳知道死神為什麼要拿著鐮刀嗎？

因為祂要把人類的身體與靈魂切開。

我趴在床上的時候，開始思考一件事。

「生存」與「得以生存」之間的差異何在？

我覺得如果沒有希望可以活下來的意志，是無法「生存」的！

我也想了一下這種意志由何而來。結果我發現（隨便說說）生命是靠快樂的事情在維持的（我頭腦真是簡單得讓人懷疑是不是智障）。

其實啊……我認為所謂的普通人就是樂多於苦的人。

可是我每天光是為了「動」這件事，就痛苦得不得了。

亞也

37

洋子，妳好嗎？

我現在住在知立的秋田醫院。

照顧我的阿姨人很好，託她的福，我每天都在加油。

復健房感覺充滿了活力。

只有一件事讓我蠻難過的，那就是「患者」必須接受所有無理的要求。

洋子，前幾天桂花開了哦。

醫院附近的幼稚園好像要辦運動會了，從醫院就可以看到他們在練習，

好可愛哦。

亞也

38

天氣變冷了，尤其是早晚，非常涼。現在明明是中午（一點），但房間裡卻沒有陽光。夏天的盆栽開始枯萎，有些花還是花苞就枯了，好可憐哦。

九月七日是醫師考試，聽說五十二個考生中有十五人及格（報紙上寫的）。不知道在我剛住院的時候照顧我的哥哥有沒有及格？我不敢問他結果，所以還沒有寫 Letter 給他（老毛病又犯了！）。

明天是滿月。

雖然很冷，還是希望妳可以好好畫鞋店的畫哦（我也會努力做 X'mas 卡片的）。我很期待看到妳的畫。

請原諒我字寫得很醜。
也請讓我繼續寫信給妳。
不要感冒囉，還有，別不小心睡著哦！

亞也

39

聖誕節快樂！

洋子，我誠心希望……

神的祝福可以降臨在妳身上。

亞也

40

新年快樂

洋子，謝謝妳去年特地來看我。

也謝謝妳跟我去參加東高八十週年紀念美術展、文化祭，

我很開心。

今年，我們也要手牽著手一起渡過哦！

亞也

41

洋子，妳好嗎？

十一日那一天，妳身體不舒服嗎？因為那時妳 TEL 裡的聲音聽起來有點沙啞，我有點擔心。

那天我感冒，睡了大半天。

妳別在意哦。洋子，妳有寫信給中島嗎？最近我深深覺得他（之前）有一種成熟的魅力（但我不太清楚實際情況就是了）。

我們的身體都不太方便，我很想知道他走到這一步的心路歷程。

眼看我的病情一天比一天嚴重，這是我現在唯一的願望。

我對他絕不是男女之間的感情。

只是覺得女生真的很慘。

那就先這樣了，再見。

身體健康最重要哦。

地圖隨函附上。

這樣妳就不會迷路了吧？好想早點見到妳哦。

亞也

42

洋子，妳好嗎？

自從我前幾天在收音機裡聽到佐田雅志的《稻草人》，我就一邊哼著「你好不好？」，一邊在心裡想著妳。

對了，二月八日妹妹（亞湖）發生車禍，因為腳骨折，現在住在醫院裡。他們說肇事者人很好，每天都到醫院看她……

二月十七日亞湖要動手術。我在她動手術時讀新約聖經當作祈禱，雖然很不安，但我的心情卻非常平靜。我知道祈禱不是那麼簡單的事，但我也只能這麼做。聽說亞湖的手術很順利，現在只要撐著拐杖，就可以慢慢地向前走（請原諒我不負責任的說法）。

雖然已經是很早之前的事了，去年十一月，就是文化祭的時候，當時我還不知道該如何閱讀聖經，但卻因為聖經裡的文字熱淚盈眶。

還記得那是路加福音第十四章十三、十四節（編註：「你擺設筵席，要請那貧窮的、殘廢的、瘸腿的、瞎眼的，你就有福了！因為他們沒有甚麼可報答你。到義人復活的時候，你要得著報答。」）

意思是說無以回報的人能讓別人幸福嗎？

我第一次看到這兩句話時，覺得有些反感。為什麼？因為我身體不方便嗎？

洋子……我到底該怎麼做呢？我沒有辦法親身體驗社會的殘酷（我認為醫院比職場好太多了）。

如果我是一個人住在外面呢？光是想像，就讓我燃起重新振作的希望！

亞也

43

洋子，謝謝妳的信。

那時候我心情正好很低落，看了洋子的信，才又恢復精神……真的很謝謝妳。

洋子妳的生日是在四月吧？生日快樂（二十歲了吧？）。

春天到了……我們家院子裡的蘿蔔開了白色的花，另外，十大功勞的花是黃色的。季節……真的會更迭、循環呢。

只要耐心等待，春天一定會降臨大地。

其實這個春天我要搬家，我決定把所有傷心、痛苦的事拋在腦後。

只能一直前進。

等搬進新家，我會馬上通知妳哦，請再等一等。

請保重身體。請原諒我用鉛筆寫這封信。

鬥志！

P・S・妹妹現在不用拄拐杖也可以走路了。

亞也

44

早安！洋子，啾啾。麻雀好厲害哦！今天早上，我在麻雀的叫聲中張開眼睛，感覺很美好吧？雖然今天早上下雨，但牠們還是一直叫哦。

我每天早上都很早（大概是四點三十分）就起來了，所以一到晚上九點，眼睛都快睜不開了呢。

搬家已經搬得差不多了，整理也告一段落。這是一個全新的出發。雖然家裡現在只有媽媽跟我們幾個小孩，但一點也不會不方便。不過，我有點在意理加看TV播出《阿健與茶子》時的眼神……晚上，我們五個人就會圍著客廳的桌子一起吃飯。

那天，我們吃了壽喜燒。從鍋子裡夾出青菜真是件美好的事啊，我好感動！（我現在在讀《長腿叔叔》的故事，請不要太在意我說話的方式哦）。

我是這樣想的。

「痛苦是必須的，否則我將一無所有」。

現在沒有什麼事情可以讓我快樂，所有事，都讓我感到害怕。

我覺得，大人們之所以想抽菸，一定是因為他們想哭。

因為大人不能哭啊，哭了會被笑。所以那些菸槍一定很脆弱。「哭」與「Smoke」都是有百害而無一益啊。

有件事情可以取代它們的地位，那就是「活著」，對吧？（愚笨的我，就算明白這一點也無法化為行動）。

雖然我不認識室生犀星，但因為洋子在Letter裡介紹他的事情，所以我買了他的詩集。我想要鍛鍊我的文筆及心靈。

岡崎公園的細葉杜鵑盛開了嗎？

洋子，妳還年輕，FIGHT！雖然我的精神年齡就像個老人家，做什麼事都無精打采，但這封 Letter 又讓我重新振作起來了哦。

謝謝妳。

我的洋子，就在我身邊。

請保重，最近發生很多事情，我有點擔心。

再見。

親愛的洋子。

亞也

45

早安史努比，呵呵呵。因為我沒辦法好好刷牙，所以家裡決定買一枝電動牙刷。

之前那位給我巧克力的小個子叔叔，明天要動心臟手術，請祈禱他手術成功。我寫了一個童話故事，名叫《軟綿綿的夢》，之後再請妳幫我看一看。

劍道的步法很帥氣呢。我覺得，與其說那是「威風凜凜」，不如說那刻畫了人類的美和無限的可能性。要練習多久，才可以像他們跳得那樣高呢？

麥子跟薊的花都開得很好哦。這兩天很熱，洋子可千萬要顧好身體。我也會注意我的腸胃哦。

星期五，快點來。

亞也

46

今天，我剪了頭髮。

但我一點也不覺得自己有什麼改變。

我不太照鏡子（雖然我是女生）。

因為鏡子只會反射出我想呈現的我。

復健師很辛苦呢。

因為他們要支撐患者的重量（不好意思，我一下子就開始講別人的事）。

耳鼻喉科的醫生人也很好哦。

雖然我只看得見他的眼睛和眉毛，所以不能說他長得好不好看。一直哭哭啼啼的會沒有食慾，所以我決定不哭了。

我會加油的！

復健的那個未成年（就是洋子分不出是男是女的那個人）會抽菸耶！

我很後悔自己竟然默許了這種行為。

請幫我跟小八問好哦。我穿了新夾克，很暖和。啊……口水流出來了！

我想早點獲得自由！

亞也

47

啊……對不起，我搞錯了。不知道我在發什麼呆？

跟妳說哦，我想把我的幸福分給妳。

二十三日（星期二）我有泡澡哦。

我花了兩個小時，把身體刷得乾淨溜溜。我都不知道泡澡是那麼舒服的事，好溫暖、好舒服哦。

對了，我口琴愈吹愈好囉。

「人生就像傳接球。」

桃井薰曾經在某個ＴＶ節目裡這樣說。

明天前能傳到嗎？

洋子……

製作皮製品時，不知道是不是我在安慰自己，但我總算快要做出一個令自己滿意的作品了。

就算做得不好，這個作品就像我的孩子。

我會好好珍惜它。

亞也

48

洋子，現在我在洗衣服，只有我一個人哦。

有種「我也做得到嘛」的感覺！很充實。所以我很喜歡洗衣服，還一邊大聲唱著我的拿手歌，像是《故鄉》（這首歌的旋律很慢，所以很好唱）什麼的。不過旁邊沒人，所以不要緊，我也不用在意自己是音痴這件事。

如果可以，我真希望洋子將來從事社會福利的工作。

我知道人生的每條路都不好走（歌手、藝人、醫生、畫家……還有其他所有職業），但我相信洋子一定做得到的！

要重視的是人的感覺，而不是金錢。好難哦。

但我相信洋子一定做得到的！

無論早晚我都在祈禱。

我平常待人接物很不坦率，常常因此而受傷，這讓我很煩惱。
雖然我一個人就可以洗衣服，但如果沒有時間，只要有誰說「我來幫妳吧？」我就會請他幫我，或讓他幫我把衣服放進烘衣機裡。等我靜下心來一想，就發現也許我覺得拒絕別人幫忙是一種優越感的表現……

I cannot write. Help me! See you again.

補充

亞湖不用拄拐杖就可以走路了。
請到我們新家來玩。
白天只有我一個人在家，所以我很想有人陪。
不過我不會吃掉妳啦，有空的時候……記得來哦。

我若有似無的不滿彷彿火山爆發，不停地循環。

脫皮好痛苦哦。

雖然很捨不得，還是要跟妳說聲再見。

亞也

49

七月十九日，亞也二十歲了。

洋子，我跟妳說，

人是會成長的吧？

我的想法改變了，我覺得「不幸中也有幸福」是一種很陰險的想法。

在哭泣的人面前微笑，對他說「要笑哦！」在醫院裡，別人會覺得妳是個「開朗的孩子」。

但在這個娑婆世界，事情沒有那麼簡單。

因為每個人都是「臉上在笑、心裡在哭」，不設身處地為他人著想的話，就什麼都不會明白。

跟妳說哦，所以我決定要寄快樂的信。請跟我一起笑（雖然我心裡這樣想，但其實沒什麼好笑的事……）。

如果要說最近有什麼好笑的事……那就是別人幫我買了有點成熟的內褲。

前陣子，我和豐橋志工團（123協會）的四個年輕人一起去了一個名為「愛知兒童王國」的地方。

岡短（岡崎短期大學）裡有人認識洋子哦。

我講話比之前更慢了！說出來的話也不清楚（カ行的字會發成ハ行的音）。

但我很想跟洋子聊天。

要怎麼做才能「讓別人覺得受到尊重」呢？

我每次跟理加在一起就會這樣想，明明亞湖、阿弘都讓我覺得自己很受尊重……

又到了梔子花的季節呢。

在醫院收到的那一朵梔子花，現在還綻放在我的心中。

亞也

50

洋子，妳好嗎？

一日、二日、三日

天空好藍

各就位、預備、ㄅㄧㄤˋ——

跳！

藍天真是美。

葉片紛飛的樹枝也很美。我從很久以前就開始想，如果我可以把它們的
纖細畫成畫就好了……

星野（就是洋子之前送我的那本書裡，用嘴巴畫畫的人）不會對自己的

作品感到驕傲，我很喜歡。每當我想把「回憶」記錄下來，就淨想到一些討厭的事（雖然也有開心的事），讓我覺得自己是個罪人（請一笑置之吧）。

謝謝妳跟我一起去參加岡養的文化祭，我好高興。因為我介紹得不好，所以妳還是不知道誰是誰吧？沒關係，包在我身上！下次我會好好介紹的！

亞也

第四章 不會再哭

「以前我總是因為一點小事就哭個不停，但現在我會忍耐，這樣我才能變得更溫柔。」

【一九八二年～一九八三年　亞也二十歲至二十一歲的信】

持續住院的生活。

醫師對亞也說「妳的情況正在惡化，往後也不會轉好」，

讓她深刻體會到自己病情的嚴重程度。

她很不安，擔心「自己會不會再也回不了家了？」

病情每況愈下，沒有旁人協助就無法如廁，

也無法自己坐上輪椅。

最後更無法說話，只能倚靠用手指指向文字盤來表達自己的意思。

51

洋子，謝謝妳來看我。我太高興了，嘴巴僵硬地說不出話來，只好用「あいうえお板」（編註：手工製作的文字盤，用手指指向想表達的文字），對不起。

我知道妳每天都很忙。我的病情比起在名保大（名古屋保健衛生大學）的時候還要嚴重，所以沒辦法一個人住院。

亞也

52

洋子，謝謝妳的信。我最近對自己至今的人生打了個問號，成天煩惱東煩惱西的，自己都覺得很不好意思。

但在洋子面前，我可以赤裸裸的。我覺得我快要輸給自己，變成一個怪人了。

雖然別人不相信，但我真的胖了。

我剛剛去了一趟洗手間，花瓶裡開了粉紅色的花哦！生命力！

別感冒囉，再見。

亞也

53

洋子。

為了活在當下，我想著音樂的旋律。我不喜歡生氣，所以我選擇哭。我已經二十歲了。以前我總是因為一點小事就哭個不停，但現在我會忍耐，這樣我才能變得更溫柔。

亞也

54

洋子，好嗎？醫院裡骨折的年輕人愈來愈多。

人家說吃沙丁魚的「魚乾」對身體很好，所以我常吃。好吃好吃。

不過我每個月都會發燒一次，原因不明，練習也只好暫停。這樣前進三步後退兩步的，讓我很焦躁。

洋子別哭哦。我想知道YOU的事情……請寫信給我。

謝謝妳送我油菜花，澆過水後，它就很有精神囉。

我很驚訝呢，它的生命力真強。哇！

對不起……忽然叫得那麼大聲……

亞也

55

洋子，謝謝。

之前妳那麼忙，還特地來看我，我很高興……

謝謝妳。

我跟有惠子是在國中二年級認識的，我們常常在一年三次的決起（譯註：因同一興趣而結合的團體）集會、還有朋友的聚會裡碰頭，不過從去年一月二十三日開始，我就再也沒見過她了。

她喜歡看電影還有波爾瑪利亞（Paul Mauriat），我多少受到了她的影響。

我突然提到有惠子，有沒有嚇著妳呢？

只是我想起有一次妳打 TEL 到我們家，是理加接的，她跟 YOU 說話的時候，我答應之後要寫信介紹有惠子的事。沒錯吧？

對不起我現在才想起這件事……

花瓶裡插著繡球花、百合還有瑪格麗特。瑪格麗特是我拜託跟我感情很好的護士買的。最近換了新的管家阿姨，她也是一個很好的人。

我受到好多人的照顧，我要謝謝大家。

不過，看到年輕人比我先出院、重獲自由，就覺得有點難受……

我還是沒有辦法像星野那樣成熟，這對幼稚的我來說太難了，好寂寞。

梔子花、躲雨、櫻桃色，讓我想起前年。那時候的洋子，現在何方？

我們要好好活著。

現在住在醫院，我希望多少克服一些語言障礙，所以一個人在玩文字接龍。

我有點自暴自棄，但就算會被笑，我還是要加油，相信有人會懂。

下次我們見面，就是決勝負的關鍵時刻！

那妳要保重身體哦！

亞也

56

洋子，之前真是不好意思。

沒有辦法跟妳說完話，真的很抱歉……對不起。

妳的煩惱，還有未來的事，連我都很害怕（我把它當做自己的事了）。

1. 和妹妹一起住

2. 和弟弟一起住

3. 住在安養中心 or 醫院

4. 獨立（？）

就現在的情況來看，每個選項都很困難。

光是想，就讓我覺得很討厭。

但這是自己的事情啊。

要加油才行。

（嚴肅的事就先別提了）

最近，每天都熱得睡不著呢。

因為我不能拿圓扇搧風，多少有點不方便，不過我睡得很好。

但我好寂寞。

這次是我住院住最久的一次，我已經有心理準備了……

那，洋子妳可要好好吃飯，別被夏天打倒了哦。

亞也

57

洋子，妳好嗎？跟妳說哦，最近發生了三件開心的事。

第一件事情是我到咖啡店（附設在醫院裡的）去了，而且還用吸管喝了柳橙汁。

第二件事情是我的好朋友終於來了。第二天的時候，我肚子好痛，睡了一整天。

最後一件事是我可以成為神的僕人。

如果每天都可以那麼平安……那該有多好？不過現實是殘酷的。

我很害羞，所以不敢和別人說話啦——

我是膽小鬼。

我很軟弱。噗——！

我又說喪氣話了……

對不起……

亞也

第五章　最後的信

「我這輩子的夢想是……」

【一九八四年二月　亞也二十一歲的信】

這封信是亞也親筆寫的最後一封信。

之後，她無法書寫、無法說話，最後完全無法表達自己的想法。

58

洋子，我覺得妳很堅強。因為妳很開朗啊！

我一見到妳就好開心，忍不住笑容滿面。

我現在開始畫自由畫（水彩）了。畫是自由的，畫是誠實的啊。

非常謝謝妳的 Letter！

我很好。

對不起那麼晚才回信給妳！

跟妳說哦，我現在非常喜歡《海蒂——阿爾卑斯山的小女孩》主角流露出的真情（也不想想自己的年齡……嘿嘿嘿）

我能了解坐著輪椅的小芬（她是一位千金小姐）她的心情。
因為現在我明白我不能去某些地方，我不能在某些地方生活……
我這輩子的夢想是……希望自己快點獨立，可以盡點孝道、當個好姊姊。這個夢想很平凡卻很難達到（特別是對我這個懶人來說）。
洋子的夢想是什麼呢？
下次請跟我說。

這陣子還是會很冷，不要感冒囉。
鋼琴考試加油！期待下次與妳見面。

誠心地

給我最喜歡的洋子
木藤亞也

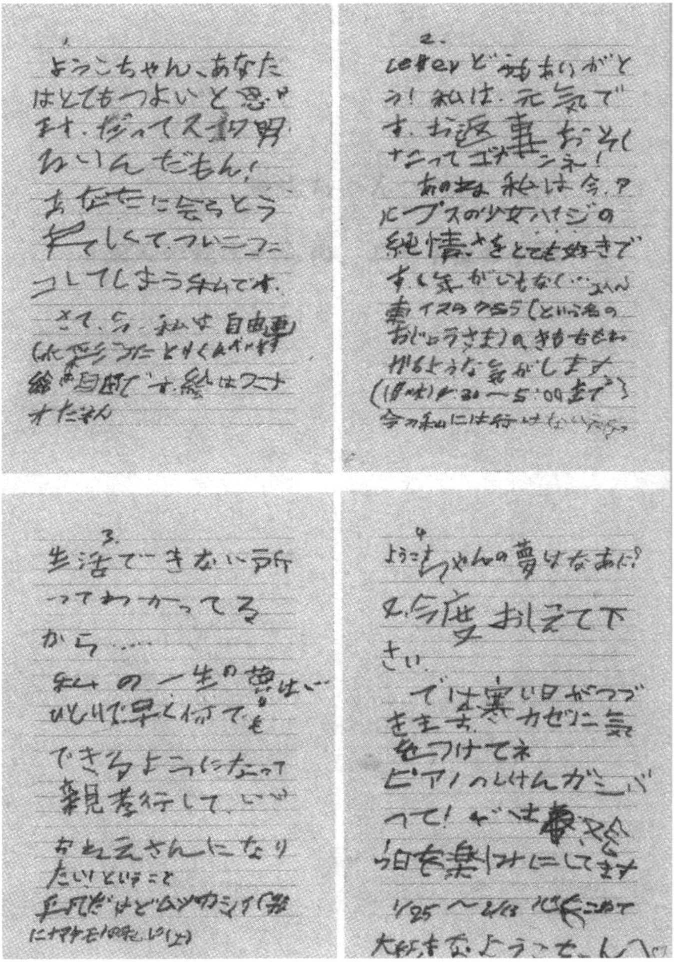

1.
ようこちゃん、あなたはとてもつよいと思います。だって大好男ないんだもん！
あなたに会うとうれしくて、ついニコニコしてしまう私です。
さて、今、私は自由画（水彩）だとよくかいています。絵は自由です。絵はスキなんです

2.
letterどうもありがとう！私は元気です。お返事おそくなってゴメンネ！
ところで私は今、アルプスの少女ハイジの純情さをとても好きです（気がしなくもない）…ふつうへ車イスのクララ（という名のおじょうさま）の気持もわかるような気がします。
（(日曜)4:30〜5:00まで）
今の私には行けないですが

3.
生活できない所ってわかってるから……
私の一生の夢は…ひとりで早く何でもできるようになって親孝行して、いいおよめさんになりたい！ということ
平凡だけどムツカシイ（笑）にナマケモノの私には（笑）

4.
ようこちゃんの夢はなあに？
又、今度おしえて下さい。
では寒い日がつづきます。カゼに気をつけてネ
ピアノのしけんガンバって！わたしは書展会
当日を楽しみにしてます
1/25〜2/13 にて
大好きなようこちゃんへ

給亞也

二十年後，三個好朋友的來信

當亞也離開學校，我知道她真的很痛苦，所以我一直不敢看亞也的日記，還有亞也媽媽寫的書。今年，我提起勇氣把這兩本書看完了。經過這許多年，我終於和那個愛哭、害羞的亞也在書中重逢。亞也媽媽當年總是在亞也身邊微笑。現在我自己身為人母，孩子和當時的亞也差不多年紀，一想起亞也媽媽當年的模樣，我的眼淚忍不住潰堤。

我永遠無法忘懷，在亞也寫給我的信裡有過那麼一句話——「請努力地活著」。

直到現在，亞也仍然活在我的心裡。

國松洋子（舊姓松村）

亞也離開東高後，我常常寫信給她，和她說我的近況。我想，那對很想擁有高中、大學生活的亞也來說，看到那些內容應該很難受吧。

不過，亞也總是很開朗地在回信裡寫上關於季節，還有她很努力在復健的事情。

當時的我只要想到「不知道亞也過得怎麼樣？」，就會寫信給她，或者直接去看她，而不會有所顧慮。

亞也！為什麼那時候我沒有辦法了解她難過的心情呢？

對於如此單純、輕率的自己，我感到非常羞恥。

西村亞子（舊姓向坂）

我們明明那麼親近，為什麼我不能站在亞也的立場，多了解一點她的痛苦呢？雖然已經過了二十年，到現在我的心還是會隱隱作痛。

不過，每當我想起亞也，總是會想起她的笑臉。

接著想起她的天真與深情。

我永遠不會忘記那封信，它烙印在我心底。那時候亞也十九歲，她住院時從醫院寄了一封信給我，信裡面還夾著她在公園撿到的紅葉。

亞也在信上寫著「希望妳把它當作是有生命的東西」，她是以什麼樣的心情寫下這句話的呢？我一想到就很難過。不過，我覺得這句話是她給我的一份大禮。

就算是現在，我在讀亞也的《一公升的眼淚》前，一定要做好心理準備。

我當初沒有注意到亞也是那麼地辛苦，也不知道亞也竟然是在和如此殘酷的痛魔奮戰，這些都一一刺著我的心，讓我淚流不止。

為什麼當初我沒有對她說「我們會陪著妳的，一直從東高畢業吧！」……我這個朋友真是丟臉。雖然這已經是很多年前的事了，但對我來說，這件事一直沒有過去。

亞也過世之後，她留下的話語好幾次都鼓勵了我。

我目前從事教職，我覺得我身負使命，要將亞也努力活著的那種精神，傳承給現在的孩子。雖然我沒有自信自己能夠做到幾分，而且每次對學生提到這件事，我就會忍不住掉淚。但我還是希望可以藉由亞也的故事，讓他們多少思考一下「活著」的意義（如果我對亞也這樣說，我想我一定會很不好意思）。

亞也，認識妳真好。

富田佳子（舊姓今泉）

後記

一九六二年（昭和三十七年）七月十九日　三千一百二十公克　女兒誕生。命名為亞也。

幼稚園　小學時期

吃得好、睡得好，是個不需要擔心的活潑孩子。

亞也一天一天愈長愈大，帶給我們養育孩子的喜樂與幸福。在她身上，我們每天都有新的發現，家長也是會從孩子身上學到很多事情的。那時候，我們家每天都充滿歡笑。

中學時期

亞也剛入學時，因為學校很大，學生數量亦很驚人，所以有點緊張。不過，她結交了互取暱稱的好朋友，有相同興趣的朋友們會交換音樂或書，也會輪流聚集在朋友家談天說地，或者一起到美術館、天文館看展覽，這種集會稱為「決起」。

二年級時，她開始具體地思考出路，感覺得到她很用功唸書。不過，就在國三那年的夏天，脊髓小腦萎縮症突然襲來。

高中時期

亞也進入普通高中，但隨著病情惡化，她行動愈來愈不方便。她沒有辦法上體育課，在教室間移動也很困難，儘管憑藉亞也自己的努力還有朋友們的幫忙，學校生活持續了一段日子。然而，好景不常。校方最後要求亞也辦理休學或是轉學，他們說「人生是一連串的選擇與決定！」病魔從十六歲的亞也身上奪走了選擇的權利，還有自由。生活方式改變的同時，亞也必須與朋友分隔兩地。

流過一公升的眼淚，亞也知道她一生都必須背負著身心障礙者這個沉重的包袱。

隨後，她轉入養護學校高中部二年級。從別人攙扶到坐輪椅、語言障礙、動作遲緩，亞也的病情每況愈下，心裡也愈來愈不安。光與影的落差讓她嘆息，就像快要被日益沉重的行李壓垮一般。

那兩年她迷失了自我，每天都很苦惱。

畢業後

亞也重複著住院、在家休養的生活，期待著醫學進步，日復一日地努力。然而，現實是殘酷的。

之後，亞也在一九八八年（昭和六十三年）五月二十三日長眠。那天她二十五歲又十一個月大。

神終於要奪走我的一切了嗎？

我明白我的人生沒有未來，

只能站在瀕臨死亡的絕望深淵，無法動彈。

我無力地仰望天空，太陽刺眼的光芒，

隨風飄動的小小雲朵。

遠方傳來呼喚「亞也——」的聲音，

我回過頭，朋友向我奔來，

她張開雙手，用力地抱住我。

「亞也！對不起，我遲到了，對不起」

汗水與香水的味道，

身心俱疲的我沉浸在朋友的溫暖裡。

——出自亞也的日語——

有人說，人沒有辦法一個人活著。

有人說，不，一個人也可以活得很好。

當我們呱呱墜地，最先遇到的是我們的家人。

離開父母身邊，我們開始認識朋友，還有所謂大人們的世界。

接著，在愈來愈寬廣的人際圈裡，互相交談、鼓勵、安慰、幫忙……

手牽著手，悲喜與共……心有戚戚焉時，我們會很安心，因為「我不是一個人」。

為我們著想的朋友會在我們遇到瓶頸，就要放棄的時候，給我們再努力一次的勇氣；在我們快要走偏的時候，拉我們一把。

我們一定可以找到這樣的朋友。

這樣的朋友一定就在我們的身旁。

請大家好好地活著，不要錯過了只有現在才能抓住的事物。

我反覆讀著亞也寄出去的信，對在合照裡微笑的她們輕輕說道：

「洋子、佳子、亞子現在一定都是好媽媽吧，然後偶而想起亞也的事情，覺得很懷念。因為妳們都是亞也最喜歡的朋友啊，請大家一起守護她吧。」

二〇〇五年八月

木藤潮香

追記

亞也小時候不管我是不是正在煮菜，她總是會抱著故事書、抓住我圍裙的衣角，吵著說「唸給我聽、唸給我聽……」在反覆聽讀的過程中，亞也學會了認字、寫字，那時候我真的鬆了一口氣。

那麼喜歡書的孩子，應該作夢都沒有想到自己會有出書的一天吧。

不過，亞也的日記以及她寫給朋友的信件裡，都流露出她經由閱讀培養出的感性。看著她的文字，我不知道哭了幾回。

我的病愈來愈嚴重了，我很害怕，害怕有一天我沒有辦法寫字，也沒有辦法說話。但我知道……那一天不遠了……

——亞也的日記——

那時候，她握著簽字筆、面向桌子寫字的時間愈來愈長。

一九八六年　出版亞也的日記《一公升的眼淚》

二〇〇四年　拍成電影

二〇〇五年二月　出版文庫版《一公升的眼淚》

二〇〇五年八月　整理亞也的信，出版《一公升的眼淚最後的58封信》

二〇〇五年十月《一公升的眼淚》拍成日劇

《一公升的眼淚》初版至今已經二十年了，各位經由各種方式記得亞也，身為亞也的母親，我滿懷感激。

這次，《一公升的眼淚最後的58封信》能夠出版文庫本，與《一公升的眼淚》排列在一起。相信亞也看到，一定會想起與同學一起在排著課桌椅的教室裡上課的情景吧。

我有種感覺，亞也手中那張太早前往天國的車票，應該是來回票吧。

二〇〇六年三月

母　木藤潮香